小意達的花

Den lille Idas blomster

原著｜安徒生　改寫｜周惠玲　繪圖｜夏仙

步步出版

「啊，我可憐的花兒！」

小意達難過得連嘴角都下垂了：「昨天它們還那麼美麗呀，為什麼現在花瓣和葉子都垂頭喪氣？」她問一位來家裡作客的大哥哥。

小意達很喜歡這位大哥哥，因為他會講一些奇妙又好聽的故事，而且當他說故事的時候，還會一面拿著剪刀把紙剪成漂亮的圖案。小意達看過他剪出一束漂亮的紙花、在心型房間裡跳舞的小姑娘，以及富麗堂皇的宮殿。不只這樣，那個宮殿的大門還可以自動打開呢。

「為什麼花兒今天變得這麼沒精神呢？」她又問了一次，還把枯萎的花指給大哥哥看。那些花就插在客廳裡

的一個大花瓶裡。

「你知道它們昨天晚上去做了什麼事嗎？」大哥哥問小意達，她搖搖頭，於是大哥哥繼續說：「這些花兒去參加了一場舞會，所以累壞了。」

「可是花兒並不會跳舞呀。」小意達說。

「喔，它們跳得可好呢！」大哥哥說：「每天晚上，當我們都去睡覺以後，花兒就會開心的去跳舞。它們幾乎每天晚上都有一場舞會。」

「這些花兒都去哪裡跳舞呢？」

「它們都去城外那座大宮殿裡跳舞。」大哥哥說。

小意達知道那座大宮殿，那是國王住的地方。不過，國王平常都住在城裡，只有夏天才會去住那裡。那座宮殿裡有美麗的花園，園子裡長了五

顏六色的花朵。宮殿裡還有小河，每年春天，天鵝就會從很遠的地方飛過來這裡，在小河裡游泳，如果你拋給牠們麵包屑，天鵝就會朝你游過來。

「可是我昨天才和媽媽去過那座花園，」小意達說：「那裡一朵花也沒有呀，就連樹上的葉子也全掉光了！」

「喔，那是因為花兒全搬進宮殿裡去了。」

大哥哥說：「你知道嗎，每當國王和他的僕人搬回城裡住的時候，那些花兒也會立刻從花園搬進

宮殿裡。你應該看看它們住在宮殿裡的樣子：那兩朵美麗的玫瑰花首先坐上王位，當起花王和花后。接著，全部的紅色雞冠花排在兩旁，它們彎

著腰行禮，當起花王的侍衛。不久，其他的花兒也來了。到了晚上，他們就會舉辦一場盛大的舞會。藍色的紫羅蘭就像一個個帥氣的海軍士兵，它們會對著風信子和番紅花鞠躬說：『美麗的小姐，我可以邀請你跳一支舞嗎？』就這樣，所有的花兒都快樂的跳起舞來。噢，並不是所有的花兒，鬱金香和虎百合就不跳舞。」

「為什麼鬱金香和虎百合不跳舞呢？」小意達問。

「因為它們是尊貴的老先生和老太太，它們負責盯著大家，要求大家都要守規矩。」

小意達點點頭，她想像著那些花兒跳舞的樣子。「不過，」她想到一件事：「那些花兒在宮殿裡跳舞，難道都沒有人去阻止嗎？」

「因為很少人知道這件事情啊！」大哥哥說：「當國王不住在那裡的時候，整座宮殿只留下一位年老的管理員看守。深夜的時候，老管理員會帶著一大串鑰匙到處巡

視，當他走動的時候，掛在他腰間的鑰匙就會鏘啷作響，花兒們只要一聽到鑰匙的聲音，就會立刻安靜下來，躲到長長的窗簾後面。老管理員經常伸長脖子，鼻子在空中嗅啊嗅，說：『咦，我聞到了花香。』但他不知道那些花兒就躲在窗簾後面偷看。」

小意達拍手大叫：「太好了！花兒沒被發

現。」

她嘴角上揚，想著花兒和老管理員捉迷藏的情景，接著她露出嚮往的表情說：「那我可以去看看這些花兒嗎？」

「當然可以，」大哥哥說：「下回你去的時候，記得從窗戶偷看一下，說不定就能發現它們。今天我就這麼做了，而且我還看見了一朵長長的黃色水仙花懶洋洋的躺在沙發上，它簡直把自己當成了宮廷的貴婦人！」

小意達想了又想，又想到一個問題：「除了我的花兒，別的花也會

去參加舞會嗎？」

「那是當然的，各地的花兒都會去參加宮殿裡的舞會。」

「包括植物園的花兒嗎？它們能走那麼遠的路嗎？」

在小意達住的城市裡，有一所大學，裡面有一座非常、非常大的植物園，那個植物園已經有幾百年了，裡面種了來自世界各地的花。

小意達家隔壁就住著一位

大學教授，他在大學的植物園裡照顧那些花。可是那裡離城外的宮殿很遠。

「沒問題的，你不用擔心。」大哥哥說，

「只要花兒願意，它們還能飛呢。你見過那些紅色、黃色和白色的蝴蝶嗎？

有沒有發現它們長得跟花兒差不多？其實它們原本也是花，直到有一天它們想離開家去遠方旅行，這時它們就會從高高的花枝上用力一蹬，跳上空中，然後不停拍著它們的花瓣，彷彿那是它們的小翅膀。如果它們非常努力的飛，遲早那些花瓣就會變成真的翅膀。」

大哥哥停頓了一會又繼續說：「當然啦，植物園那麼大，花那麼多，也許有些花從來都沒去過城外的宮殿，不知道那裡的晚上有多好玩。這樣好了，下次你去植物園的時候，可以偷偷的對一朵花說，城外的宮殿有盛大的舞會，請它轉告其他所有的花，那它們就會全部飛走了。」

小意達想像著植物園的花全飛走，而照顧花兒的教授看不到花，就會慌張的在植物園裡跑來跑去，到處問：「我的花呢？我的花呢？」她想像著教授的表情，忍不住偷笑起來。

但她接著又想到了另一件事：「可是，花兒又不會說話，是怎麼互相傳話的呢？」

「花兒的確不會說話，」大哥哥說：「可是他們會做表情啊！你一定有注意過，當風輕輕吹拂著花兒時，花兒就會點點頭，身上的綠葉也會擺動。它們點頭和搖動葉子的姿勢有千百種，就跟我們講話一樣。」

「那教授是不是也看得懂花兒的傳話？」小意達著急的問：「他會不會發現了花兒的祕密呢？」

大哥哥知道小意達在擔心什麼，他說：「教授當然看得懂，所以你最好是跟大蕁麻說。因為有一天，教授走進植物園，看見一株有刺的大蕁麻正伸出它的葉子，想去撫摸一株紅色的荷蘭石竹花，它對石竹花說：『美麗的姊姊，你從遙遠的地方來，一定很想家。讓我好好安慰你。』老教授看不慣大蕁麻的行為，就朝蕁麻的葉子打了一巴掌，因為葉子就是大蕁麻的手指嘛。不過教授也因此被刺傷了。從此以後，他再也不敢靠近大蕁麻。」

「真好玩！」

小意達哈哈大笑。

這時，坐在另一張沙發的紳士聽到了小意達和年輕人的對話，他皺著眉頭大聲說：

「居然把這些奇怪的想法灌輸給一個小孩！」

這位紳士是國王的顧問官，他一向很不喜歡這位年輕人。尤其是當年輕人剪紙的時候，他就會發牢騷：「這是什麼圖案？一個人吊在絞架上嗎？竟然還捧著一顆心！你是不是在說他偷了很多人的心？」「這個又是什麼？難道是騎著掃把的老巫婆？放在她鼻梁上的是不是她的丈夫？」

可是小意達覺得大哥哥所講的關於花兒的事很有道理。她心疼的看著奄奄一息的花兒，心想它們一定是因為跳了一整夜的舞，都累壞了。所以當她晚上要去睡覺時，就把那些花兒也帶到樓上的起居室，去跟她心愛的玩具放在一起。

她還對她的洋娃娃蘇菲亞說：「可憐的花兒全病倒了，今晚你把睡床讓給花兒睡，這樣它們

也許會好起來。」她把蘇菲亞從睡床上移開，蘇菲亞一句話也沒說，她因為不能睡在自己的床上，正生氣的

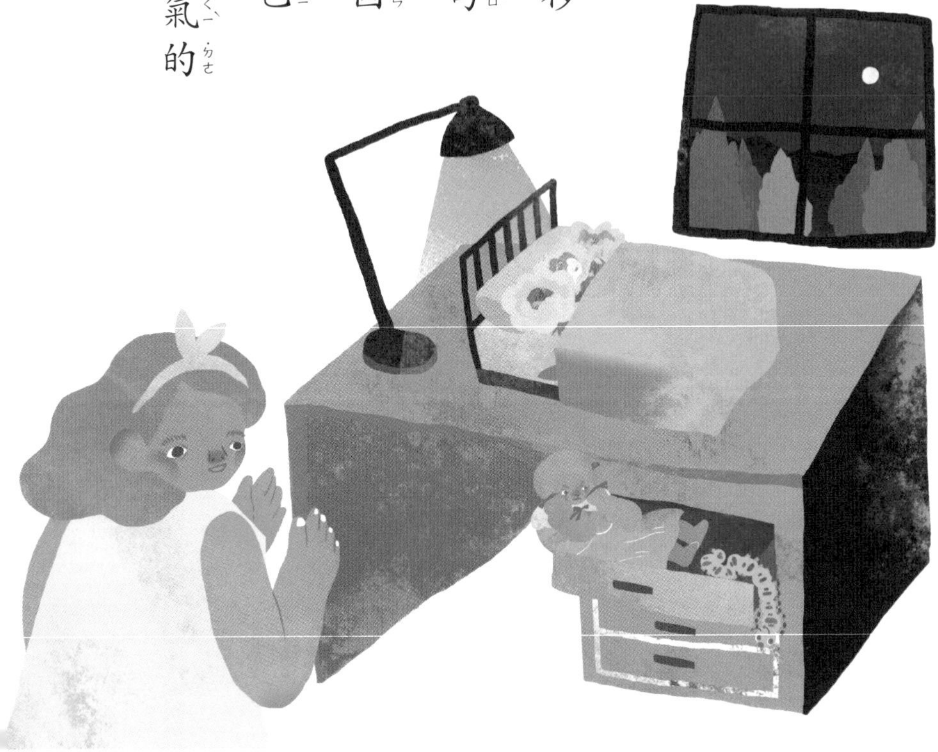

嘟著嘴。

小意達用小被子把花兒蓋好。她告訴它們說：「我去幫你們泡一壺熱茶，你們喝了以後要乖乖睡覺，這樣你們明天醒來的時候身體就會恢復了。」她還把小床兩邊的簾幕拉好，免得明天早上太陽光照進來時，刺傷它們的眼睛。

這一夜，她一直想著大哥哥說的事。當她要上床睡覺時，還忍不住掀開窗簾偷看。在窗簾後面的窗臺上，有一排她母親種的花——有風信子，也有番紅花。她低聲對它們說：「我知道，你們今晚要去參加一個舞會。」那些花兒全裝作聽不懂的樣子，連一片葉子也沒動。不過，小意達心裡可明白著呢。

她上床以後，靜靜躺了很久。心想，要是能看見這些可愛的花兒在國王宮殿裡跳舞，那該多有趣啊！想著想著，就睡著了。

半夜她又醒來。臥室裡很安靜，床邊的小桌子上還亮著燈，但是她的爸爸、媽媽已經睡著了。

「不知道可憐的花兒現在是不是乖乖睡在蘇菲亞的床上？」她把頭稍微抬高一些，對著那半掩的房門瞧了一眼。她的花兒和玩具都放在門外。她靜靜的聽著，好像聽到外面有人正在彈鋼琴，彈得很輕柔、旋律很優美，她從來沒聽過這樣的琴聲。

「現在花兒一定在那裡跳起舞來了！」她輕聲說：「噢，天啊，我好想看看它們！」可是她不敢起床，怕吵醒了爸爸和媽媽。

「真希望它們能到這裡來！」她說。可是花兒並沒有進來。悅耳的音樂繼續演奏著。她再也忍不住了，就爬出小床，躡手躡腳走到門邊，朝外面的房間偷看。啊，她看見的景象實在太有趣了！

起居室的房間沒有燈，可是月光從窗戶射進來，正照在地板的中央，使得房間就像白天那麼

明亮。所有的風信子和番紅花排成兩排，站在地板上。她朝窗臺上看過去，那裡現在一朵花也沒有，只有一些空空的花盆。

花兒在地板上翩翩起舞，扭動著腰肢，姿態非常嬌美。所有的花兒像是手牽手那樣，把葉子全都連接起來，形成一條長長的，像鍊子似的隊伍。鋼琴旁邊坐著一朵高大的黃色百合花。小意達認得它，她還記得夏天時曾經在植物園裡見過這朵花。大哥哥說：「這朵花的樣子真像莉妮小姐！」那時候大家都嘲笑他，可是現在小意達覺得，這朵高大的花確實很像那位女教師，它彈鋼琴的樣子也跟她一模一樣——鵝蛋型的黃色臉龐一會兒偏向這邊，一會兒又偏向那邊，同時還不停的點點頭，跟著美妙的音樂打拍子。

沒有任何一朵花注意到小意達在偷看。她看見一朵很大的藍色早春花跳到桌子的中央去，小意達的玩具們就放在那張桌子上。那朵藍色早春花一直走到那張洋娃娃的睡床邊，把床簾向兩邊拉開。那些生病的花兒正躺在床上，但它們立刻坐起來，向所有的花兒點點頭，表示它們也想跳舞。在洋娃娃的床邊還躺著一個掃煙囪人娃娃，這時它也站了起來，對這些美麗的花兒鞠躬，而花兒一點生病的樣子也沒有，它們跳下床，快樂的加入其他正在跳舞的花兒。

忽然，有一樣東西從桌子上掉了下來。小意達看過去，原來是去年狂歡節時，別人送她的一根塗著五顏六色的樺木枝條。這根樺木枝有三根塗了紅色的杈枝，讓它看起來就像一匹有三條腿的

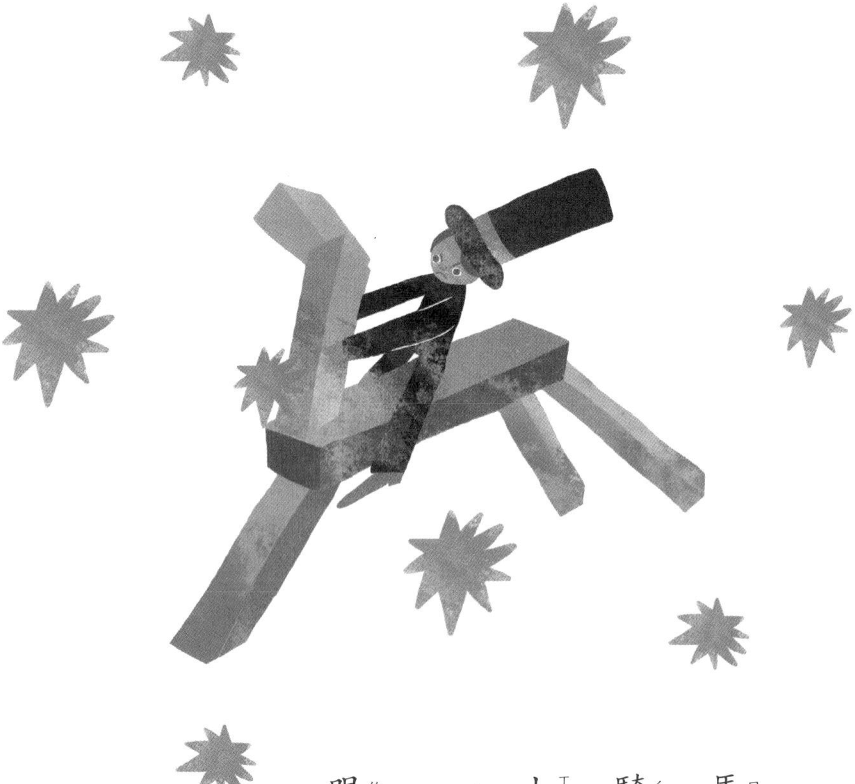

馬。而它的身上也騎著一個小蠟人，小蠟人的頭上戴著一頂大寬帽，樣式跟那個國王顧問官所戴的那頂差不多。

這根樺木枝認為自己跟那些花兒是同一國的，所以就從桌子上跳下來，加入跳舞的行列。它用三條紅腿，重重的在地板上踩著步伐，輕快的跳起波蘭的馬祖卡舞。可是那些花兒沒辦法跳這種舞，因為它們的身子很輕盈，不能夠像它那樣踩腳。

騎在樺木枝上的那個蠟人忽然變得又高又大，

它像一陣旋風似的撲向一團紙花那裡去，大聲說：「居然把這樣的怪念頭灌輸到一個孩子的腦子裡去！全是沒用的幻想！」這位蠟人不但戴的帽子跟那位顧問官一樣，而且表情也同樣氣呼呼的。可是那些用紙剪出來的美麗花朵，卻俏皮的在它的瘦腿上拍打了一下，它驚嚇住了，縮成一團，又變回一個小小的黃蠟人。小意達看見它的樣子，忍不住偷笑。

對於蠟人的變大和縮小，那根樺木枝完全不加理會，它只顧著繼續踩著馬祖卡舞的舞步，這讓騎在上面的顧問官也不得不隨著不停跳躍。它一面跳著，表情還是氣呼呼的。後來，其他的花兒，尤其是那幾朵曾經睡在洋娃娃床上的花兒，都好心的對黃蠟人說了一些恭維的話，它的表情才開心了起來，最後樺木枝也停下腳步來讓它休息。

忽然，抽屜裡響起敲擊聲——小意達的洋娃娃蘇菲亞和其他的玩具都睡在抽屜裡面。那個掃煙囪的人趕快跑到桌子旁邊去，直直的趴在地上，然後拱起腰，把抽屜頂開來。而蘇菲亞就坐起身，看看四周，表情很驚訝。

「這裡在開舞會，」她說：「為什麼沒有人告訴我呢？」

「你願意跟我一起跳舞嗎？」掃煙囪的人說。

蘇菲亞看了看掃煙囪的人，發現它的下嘴唇上有一個缺口，就說：「我想要一個漂亮的舞伴。」她回答，還轉過身背對它。

她等著其他漂亮的花兒來邀請她跳舞，但過了很久，都沒有花兒過來，於是她就故意咳嗽了一聲：「嗯哼！」然而還是沒有花兒來邀請她。這時她看見那個掃煙囪的人已經獨自跳起舞來了，而且跳得滿好看的。

蘇菲亞等了好一會兒，始終沒等到花兒來，於是她就故意從抽屜上倒了下來，讓自己跌落地板上，「碰」的發出很大聲響。現在，所有的花兒全跑過來圍著她，問她有沒有受傷。這些花兒

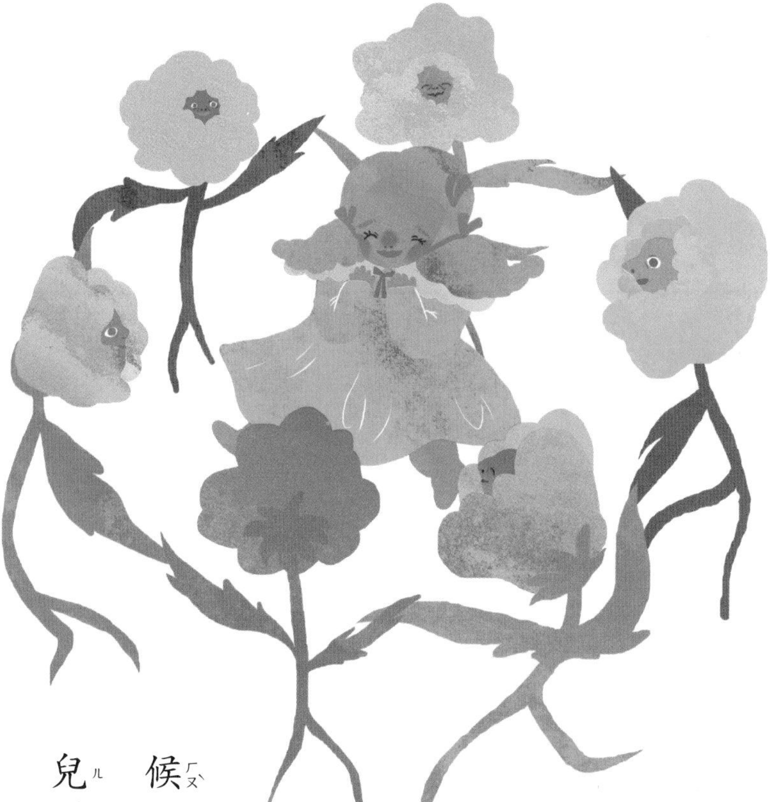

（尤其是曾經在她床上睡過的那幾朵花）全都很親切的問候她，小意達的花兒還謝謝她，讓它

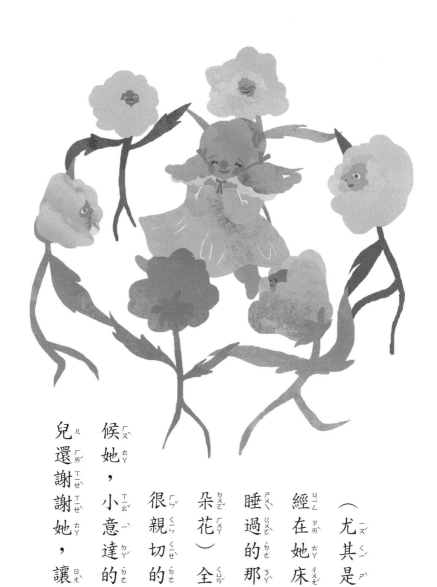

們睡了那麼舒服的床。

花兒們讚美蘇菲亞，還邀請她到地板中央來和大家一起跳舞。月亮的光芒照耀在蘇菲亞身上，所有的花朵在她周圍繞成一個圓圈。現在蘇菲亞可開心啦。她告訴那幾朵花兒，可以隨意使用她的床，愛睡多久都行，她自己睡抽屜也沒關係。

花兒說：「謝謝你，可是我們明天就要死了。

請你告訴小意達，叫她把我們埋葬在花園裡，之前那隻美麗的金絲雀也是睡在那裡。到了明年夏天，我們又可以醒過來，而且會長得更美麗。」

「不行，你們絕對不能死！」蘇菲亞說。她把這些花兒全部親吻了一遍。

就在這時候，起居室的門忽然打開，一大群花

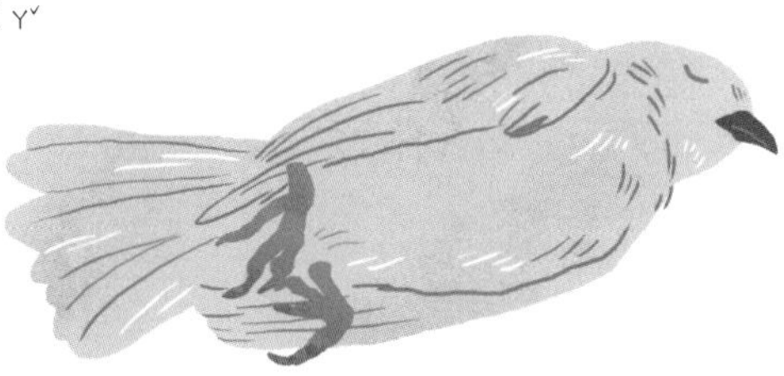

朵跳著舞步走進來。小意達猜想，這些美麗的花一定是從國王的宮殿來的。果然，最先進來的是兩朵鮮艷的玫瑰花，它們的頭上都戴著一頂金皇冠；沒錯，它們就是花王和花后。

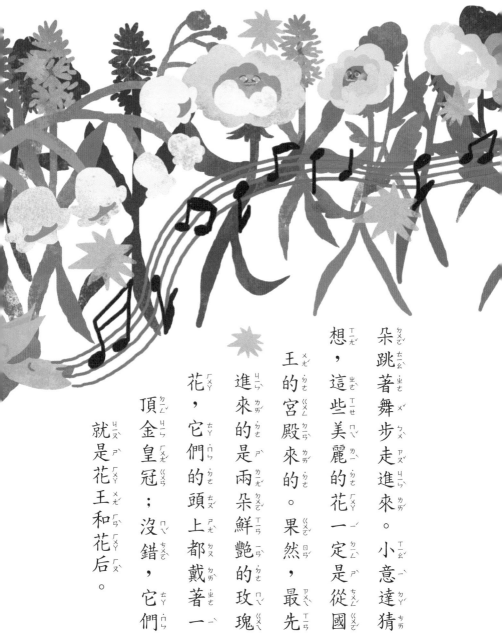

在它們身後的，是一列美麗的紫羅蘭和荷蘭石竹花，它們對屋裡的所有花兒點頭致意。它們還帶來了一個樂隊，大朵的罌粟花和牡丹花使勁的吹著豆莢，把臉頰都吹得紅通通的。藍色的風信子和白色的鈴蘭花發出叮鈴叮鈴的聲音，彷彿它們身上掛著小鈴鐺似的。

沒多久，又來了更多的花兒，藍色的堇菜花

啦、粉紅的櫻草花啦、花心是黃色的白色小雛菊啦，大家一起在月光下跳著舞，一面跳著，一面臉貼臉，互相親吻著。小意達覺得它們看起來真是美極了！

它們跳了很久、很久，直到大家都打起呵欠，於是這些花兒互相道了晚安。小意達也悄悄鑽進了被窩裡。她把剛剛的一切景象，又在夢裡看了一遍。

第二天早上，小意達一起床，就急忙跑到小桌子那邊去，看看花兒是不是還在。她把遮著小床的簾幕向兩邊拉開。是的，它們還在，可是看起來比昨天更憔悴了。蘇菲亞仍然躺在抽屜裡，於是小意達抱起她，她看起來好像還沒睡醒。

「你還記得要跟我說什麼嗎？」小意達問，可是蘇菲亞表情傻傻的，一句話也說不出來。

「你呀，真是太壞了！」小意達說：「不過它們還是跟你一起跳了舞。」

後來，小意達拿出一個小紙盒，上面畫著美麗的

鳥兒。她打開紙盒，把死了的花兒都裝進去。

「等我的表兄弟來看我的時候，他們會幫我把你們葬在花園裡。好讓你們明年夏天再長出來，變成更美麗的花朵。」

小意達的表兄弟住在北方的挪威，他們的父親送給了他們兩副弓箭，於是他們就帶著弓箭來看小意達。小意達把死去的花兒的故事說給他們聽，請他們一起為花兒舉行葬禮。

這兩個孩子的肩上背著弓箭，走在前面；小意達走在後面，手上捧著那個美麗的小紙盒。他們在花園裡挖了一個小小的泥土洞。小意達先親了親她的花兒，然後把它們連同盒子一起埋進洞裡，堆上泥土。兩個男孩朝花兒的墳墓射箭，代表敬禮，因為他們既沒有槍，也沒有砲。

【導讀】

通向奇妙世界的想像遊戲

周惠玲（作家／兒童文學研究者）

如果有人問：「童話是什麼？」你可能會想到很多答案，例如——

「假的，胡說八道、胡思亂想的故事。」

「有魔法、巫婆和小仙子，而且動物會說話，反正就

是現實世界裡不會遇到的人事物。」

也許你還細心觀察到，許多童話的開頭會說：「很久很久以前，在遙遠的地方……」故事裡通常有三兄弟或三姊妹，最幼小的那個一定是主角，最後他們會得到神仙給的寶藏，娶到公主或嫁給王子，「從此過著幸福快樂的日子」。

這些答案都很好，以前林良先生在幫童話下定義時，就幽默的說它是「可圈可點的胡說八道，入情入理的荒誕無稽」。很多童話確實像上面說的那樣，例如〈灰姑娘〉裡神仙教母用魔法把南瓜變成馬車，破衣服變成漂亮禮服，〈長靴貓〉不但會說人話，還穿上禮服去幫主人贏得大片土地、娶到公主。

可是，童話大王安徒生的這篇〈小意達的花〉告訴我們，童話不一定是這樣。這篇故事的開頭沒有「很久很久以前，在遙遠的地方……」，而是小意達的一句驚叫：「啊，我可憐的花兒！」而且，整篇故事有三分之

二都是小意達和一位大哥哥的對話，這也是童話裡少有的。

安徒生（Hans Christian Andersen, 1805-1875）出生在丹麥的一個小鎮，家裡窮苦，可是父母幫他做了一些木偶和戲台，從小他就用這些創造出一個又一個想像的故事。十四歲時他看到丹麥皇家劇團的巡迴演出，很想成為演員，就到國都哥本哈根去應徵。最後他並沒有當成演員，反而在一些人的贊助之下去學校裡念書，然後開始寫作。安徒生寫過詩、小說、劇本、遊記，以及童話故事。這些童話一開始被很多文學評論家鄙視，沒想到後來卻受到全世界小孩和大人的喜愛，安徒生也因此成為丹麥的國寶，榮耀了這個國家。

〈小意達的花〉是安徒生第一篇創作並且出版的童話，收錄在一八三五年的《說給孩子們聽的故事》裡。這本只有六十一頁的未裝訂小書裡有四篇故事：〈打火匣〉、〈小克勞斯和大克勞斯〉、〈公主和豌豆〉

以及〈小意達的花〉。前面三篇故事都是安徒生根據小時候聽到的故事改寫的，只有〈小意達的花〉是他自己的創作。

在安徒生之前，也有人「寫」童話，例如法國貝洛的鵝媽媽童話集、德國格林兄弟的格林童話集。可是那些童話故事都不是貝洛和格林兄弟創作的，他們是把流傳在民間的故事收集起來加以改寫，所以他們不算真正的童話作家。當然，安徒生也有一些童話故事是根據他聽來的故事改寫的，但他是第一個大量創作童話而且受到歡迎的作家，所以他被稱作童話大王。在童話從集體創作的口傳文學，轉變成個人創作文學的過程中，他是一個承先啟後的作家，而〈小意達的花〉就是這個轉折點的代表作。

〈小意達的花〉還有一個很特別的地方，故事裡的小意達和大哥哥都真有其人，

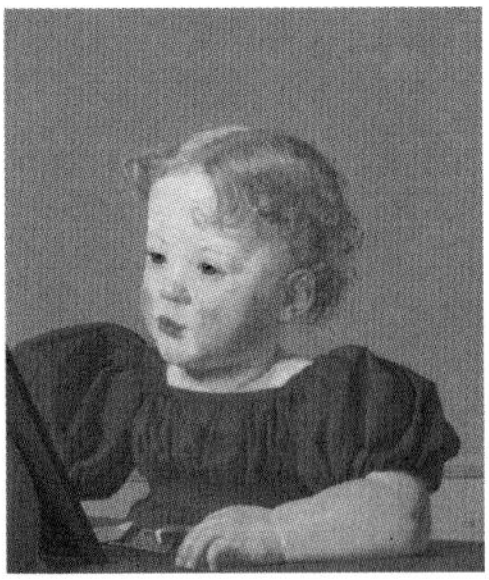

Ida Thiele, the future Mrs Wilde, as a Child (Christen Købke, 1832)
圖片來源：丹麥國立美術館

不是虛構的。那位很會講故事、很會剪紙的大哥哥就是安徒生自己，而小意達是當時丹麥著名民俗學者賈斯特·提勒（Just Thiele, 1795-1874）的女兒意達·提勒（Ida Thiele, 1830-1862）。提勒慷慨好客，贊助過許多藝術家和作家，安徒生就是其中一位。安徒生經常去他家作客，也真的有剪紙、說故事給小意達聽。當安徒生出版這本書的時候，意達·提勒才五歲。

人物不是虛構的也能算是童話嗎？當然算，而且這可能是最有趣的地方。真實的人物和虛構的情節融合在一起，讓這個故事似真似假。當初小意達也是這樣，在一來一往的對話裡，被安徒生一步一步從真實世界帶入奇妙的想像世界裡。花兒會垂頭喪氣，原來是因為昨晚跳舞到深夜，鋼琴老師變成黃色百合花，古板的官員變成小黃蠟人，還騎著瘸腿的馬跳起馬祖卡舞……

古板的官員說安徒生不應該胡說八道，讓小意達胡思亂想。可是，所有的創造力不都是從胡思亂想開始的

嗎？科學家們的發明不也都從想像開始的？
所以，下次你不妨也試試看，當朋友問你：「為什麼你的肚子咕嚕叫？」你別急著說：「因為我餓了。」或許你可以說，「因為肚子它今天早上……」就從這裡，一路胡思亂想、胡說八道下去。

國家圖書館出版品預行編目（CIP）資料

小意達的花 / 安徒生(Hans Christian Andersen)原著；周惠玲改寫；夏仙繪圖. -- 初版. -- 新北市：步步, 遠足文化, 2020.11
面； 公分
注音版
譯自：Den lille Idas blomster
ISBN 978-957-9380-71-3(平裝)

881.5596　　109015964

小意達的花

Den lille Idas blomster

原著　安徒生 Hans Christian Andersen
改寫　周惠玲
繪圖　夏仙

步步出版
執行長兼總編輯　馮季眉
編輯總監　周惠玲
總 策 畫　高明美
責任編輯　徐子茹
編　　輯　戴鈺娟、陳曉慈
美術設計　劉蔚君

讀書共和國出版集團
社長　郭重興
發行人暨出版總監　曾大福
業務平臺總經理　李雪麗
業務平臺副總經理　李復民
實體通路協理　林詩富
海外暨網路通路協理　張鑫峰
特販通路協理　陳綺瑩
印務經理　黃禮賢
印務主任　李孟儒
發行　遠足文化事業股份有限公司
地址　231 新北市新店區民權路 108-2 號 9 樓
電話　02-2218-1417
傳真　02-8667-1065
Email　service@bookrep.com.tw
網址　www.bookrep.com.tw
法律顧問　華洋國際專利商標事務所 蘇文生律師
印刷　中原造像股份有限公司
初版一刷　2020 年 11 月　初版三刷　2021 年 5 月
定價　260 元
書號　1BCI0010
ISBN　978-957-9380-71-3